LE MAGNIFIQVE ET ROYAL BALLET

DANSE' A LYON, EN
preſence des deux Reynes.

Sous le nom de
L'AVRORE
ET
CEPHALE.

A PARIS,

hez IEAN MARTIN, ruë de la vieille
Boucletie au gros Tournois.

M. DC. XXII.

LA NVICT,

A LA REYNE.

SOLEIL de la terre & des Cieux,
Grande REYNE, de qui les yeux
Penetrent les plus noires ombres,
Chassez vous mon obscurité,
Afin que mes tenebres sombres
Ne cachent plus vostre beauté?

Aussi tost que vous paroissez,
Mes nuages sont effacez
Par vn tel excez de lumiere
Qu'il monstre en nous esbloüissant,
Q̃e le Soleil en sa carriere
N'a iamais esté si puissant.

Astre, qui reluisez par tout,
Et qui de l'vn à l'autre bout
Faites sentir vostre influence;
Commandez à vostre reueil
De permettre que mon silence
Redonne au monde le sommeil.

A ij

LES SPECTRES,

A LA REYNE.

QVELLE merueilleuse puiſſance,
F lle de la Diuinité,
Fait reſſentir ſa violence
Au ſeiour de l'obſc rité,
Et trouble le repos des noſturnes Eſprits,
Des flames de l'Amour nouuellement eſpris?

Iamais en nos retraites ſombres,
Lieu du ſilence & du ſommeil,
L'Amour n'a fait la guerre aux ombres
Auec vn Empire pareil.
Mais vne autre beauté plus puiſſante reluit,
Qui captiue nos cœurs dans l'obſcur de la nuiſt.

REYNE des beautez la premiere,
Que voſtre œil nous a bien faiſt voir
En rauiſſant par ſa lumiere,
Qu'il enchaiſne par ſon pouuoir,
Et que le Monde doit eſtre tout à la fois
Et raui par vos yeux, & regi par vos loys.

L'AVRORE,

A CEPHALE.

BEAV Cephale où es tu ? que ta fascheuse
    Afflige mon Amour.   (absence
Ne veux tu pas souffrir que la tienne com-
    Aussi tost que le iour?   (mence

Ie dore mes rayons, i'aduance ma carriere
    Seulement pour te voir.
Mais ie recognois bien que plus i'ay de lumiere,
    Moins i'en ay le pouuoir.

Car tu suis insensé dans le fort de l'ombrage
    La Biche qui te fuit,
Et tu fuis insensible à l'amoureux seruage,
    L'Aurore qui te suit.

La rosee & mes pleurs qui temperent la flame,
    Messagere du iour,
Faisant naistre les fleurs, font mourir en ton Ame
    Les Roses de l'Amour.

L'infenfible dureté qui te rend fi farouche
    Aux charmes de ma voix,
Faict que tu vas croiffant encore d'vne fouche
    Les fouches de ces bois.

Pour fuiure pas à pas ta courfe vagabonde,
    Ie quitteray les Cieux,
Si tu veux que mon feu donne le iour au monde,
    Redonne moy tes yeux.

L'AVRORE,

A LA REYNE.

Rande REYNE, diuin Soleil,
Qui par vn esclat nompareil
Rauissez les cœurs & les ames,
Ie descends du plus-haut des Cieux,
Non pour m'esgaler à vos flames :
Mais pour rendre hommage à vos yeux.

Ie n'ose plus, avec raison,
Paroistre dessus l'orizon :
Car vos beautez me font la guerre,
Pour me faire voir en tous lieux,
Que la lumiere de la terre
Surpasse celle-là des Cieux.

Le Soleil mesme pallissant
De voir vn esclat si puissant,
N'ose commencer sa carriere :
Et sa plus brillante clarté
N'a rien d'esgal à la lumiere
Qu'on void en vostre Maiesté.

Ses rayons ſi beaux & ſi doux,
  Ont rendu les Aſtres ialoux
  De voſtre feu qui les ſurmonte:
  Car voſtre clarté s'alumant,
  Faiſt auſſi toſt cacher de honte
  Les Eſtoiles du firmament.

Qui n'admirera vos rayous,
  Dans l'eſclat deſquels nous voyons
  Vne merueille ſans ſeconde?
  Mais la gloire eſt deuë à vos yeux,
  De donner deux Soleils au monde,
  Qui n'en vid iamais qu'vn aux Cieux.

Donnez moy (grande Deité)
  Qui rempliſſez tout de clarté,
  Vn rayon de voſtre lumiere:
  Et lors mon Aſtre s'eſleuant
  Comme vne Eſtoile matiniere,
  Annoncera voſtre Leuant.

LES

LES NYMPHES
DV IOVR.

A LA REYNE.

ROYALE Majesté, lumiere sans secöde,
Qui rendez l'Orient de la Fräce enuieux,
Pour suiure deux Soleils que vous döncz
au monde,
Nous quittons le Soleil que luy donnent les Cieux.

Lors qu'il a veu vos yeux sur l'orizon paroistre,
Et le iour redonné par deux Astres si beaux:
Si son ambition l'incite de de renaistre,
Sa honte incontinent le cache sous les eaux.

Vostre douce clarté, leur diuine influence,
Faict paroistre á nos yeux vn si aymable iour,
Que vos mesmes rayons ont aussi la puissance
D'alumer en nos cœurs les flames de l'Amour.

Soleil qui regissez l'Empire de nos Ames,
Et à qui les mortels adressent tous leurs vœus:
Si vous ne temperez la force de vos flames,
Vous perdrez l'Vniuers par l'esclat de vos

L'AMOVR.

NYMPHES, les plus belles du iour,
Qui combattez contre l'Amour
Par vne vaine resistance:
Ie viens monstrer á vos beautez
Que rien n'esgale la puissance
Qu'a l'Amour sur les volontez.

Le Soleil que vous adorez
Parmy des rayens si dorez,
N'a rien de pareil à mes flames:
Car sans qu'on le puisse guerir,
Ie brusle les cœurs & les Ames
D'vn feu qui faict viure & mourir.

Mais paroissant deuant vos yeux,
REYNE, la merueille des Cieux,
Ie perds moy-mesme la franchise,
Et ne vois-pas en ce sejour
Tant de belles Ames esprises
D'autre feu que de vostre Amour.

CEPHALE, ET LES CHASSEVRS.

A LA REYNE.

 A solitude de ces bois
Où nostre liberté respire,
Faict que nous ignorons les loix
De l'Amour & de son Empire.
Aussi nos desirs innocents
Parmy les charmes rauissants
De nos bocageres delices,
Ne se voyent iamais troublez,
Par les rigueurs & les supplices
De mille souspirs redoublez.

En cet agreable sejour,
Dont la tutelaire puissance
N'a permis encor à l'Amour
D'y exercer sa violence:
Iamais d'vne ingrate beauté
Nous ne pleurons la cruauté,
Qui bourrelle vne Ame asseruie:
Mais tousiours le desir nous poinct
Au doux estat de nostre vie,
Non d'aymer, mais de n'aymer point.

Nos cœurs dans le contentement
De cette aimable solitude,
Ne ressentent point le tourment
De l'amoureuse inquietude,
A poursuiure iusque aux abois
Le Cerf relancé dans les bois,
Nostre plus doux aage se passe
Faisant gouster à nos esprits
L'extreme plaisir d'vne chasse,
Où nous prenons sans estre pris.

Qui peut que vostre Maiesté,
REYNE, du monde la merueille,
Captiuer nostre volonté
Par vne force sans pareille?
Ce front dont la Diuinité
N'a point de pouuoir limité,
Rauit si bien nostre courage,
Qu'il s'estimera glorieux,
De mourir au mesme seruage,
Dans lequel viuent tous les Dieux.

L'AMOVR.

VOVS qui le plaisir de la chasse
Rend insensibles à l'Amour,
Et qui faites cent fois le iour
Mourir son feu dans vostre glace,
Pourquoy pensez-vous que les bois
Exemptent vos cœurs de ses loix?

Parmy l'horreur & le silence
De vos ombrages escartez,
Les plus agreables beautez
N'adorent rien que la puissance
De l'Amour qui graue ses loix
Dedans l'escorce de vos bois.

REYNE des cœurs & des pensees,
Qui peut mieux dompter leurs esprits
Que vos beautez qui ont espris
Les Ames les plus insensees,
Et qui captiuent soubs leurs loix
Le plus grand ROY de tous les ROYS?

Le Ciel dont la faueur ordonne
Que l'on adore vos beautez,
Pour commander aux volontez
Ceint vostre front d'vne Coronne,
Mais vos yeux des Ames vainqueurs
Vous donnent l'Empire des Cœurs.

Les Bergeres & Bergers.

A LA REYNE.

MOVR domptant noſtre courage
Contre ſes charmes reuolté,
Pour mettre nos cœurs en ſeruage,
A mis, nos, corps en liberté,

Il nous deffend d'eſtre legeres,
Et pour ne iamais plus changer,
De Nymphes il nous rend Bergeres;
Le Chaſſeur fidelle Berger.

Nous receuons par ſon atteinte
Vn contentement ſi parfaiſt,
Que iamais nos cœurs n'ont faiſt p'einte
Du mal que ce Dieu leur a faiſt.

Car bien qu'il ne donne à nos flames
Vn heure de ſoulagement,
Il faiſt eſperer à nos Ames
Vn ſiecle de contentement.

Sa force puiſſante & diuine
Nous faiſt cueillir en ce ſeiour
Des roſes qui n'ont point d'eſpıne,
Qui ſont les roſes de l'Amour.

Mais il faut que tant de delices
   Cedent à l'honneur de vous voir,
Puisque Amour & ses artifices
   N'egalent pas vostre pouuoir.

Aussi vostre douce presence
   Nous a faict sortir de nos bois,
Pour tesmoigner l'obeïssance
Que nos cœurs rendent à vos loix.

www.ingramcontent.com/pod-product-compliance
Lightning Source LLC
LaVergne TN
LVHW051025060726
842524LV00007B/2740